U0101574

明·湯顯祖著 劉世珩輯刻

暖紅室彙刻

南柯記

廣陵書社

丙申夏月廣陵書社
據暖紅室舊版刷印

校正增圖南柯記

暖紅室彙刻臨川四夢之二

題南柯夢 載獨深居本

夫蟻時術也封戶也雉堞具也甲胄從也黃黑鬬也君臣列也此昔人之言非臨川氏之夢也蟻而館甥也謠頌也碑思也象警也佞佛也此世俗之事臨川氏之說也臨川有慨於不及情之人而樂說乎至微至細之蟻又有慨於溺情之人而託喻乎醉醒醒醉之湻于生湻于未醒無情而之有情也湻于既醒有情而之無情也惟情至可以造立世界惟情盡可以不壞虛空而要非情至之人未堪語乎情盡也世人覺中假故不情湻于夢中真故鍾情既覺而猶戀戀因緣依依眷屬一往信心了無退轉此立雪斷臂上根決不教眼光落地即槐國螻蟻各有深情同生忉利豈偶然哉彼夫儼然人也而君父男女民物閒悠悠如夢不如湻于并不如蟻矣并不可歸於螻蟻之鄉矣賢愚經云長者須達爲佛起立精舍見地中蟻子舍利弗言此蟻子經今九十一劫受一種身不得解脫是殆不情之蟻乎斯臨川言外意也震峰居士

沈際飛漫書

南柯記題詞 載獨深居本

天下忽然而有唐有淮南郡槐之中忽然而有國有南柯此何異天下之中有魏魏之中有王也李肇贊云貴極祿位權傾國都達人視此蟻聚何殊嗟夫人之視蟻細碎營營去不知所爲行不知所往意之皆爲居食事耳見其怒而酣鬬豈不吷然而笑曰何爲者耶天上有人焉其視下而笑也亦若是而已矣白舍人之詩曰蟻王乞食爲臣妾螺母偷蟲作子孫彼此假名非本物其閒何怨復何恩世人妄以眷屬富貴影像執爲吾想不知虛空中一大穴也倏來而去有何家之可到哉吾所微恨者田子華處士能文周弁能武一旦無病而死其骨肉必下爲螻蟻食無疑矣又從而役屬其魂氣以爲臣螻蟻之威乃甚於虎狼此猶死者耳滄于固儼然人也靡然而就其徵假以肺腑之親藉其枝榦之任昔人云夢未有乘車入鼠穴者此豈不然耶一往之情則爲所攝人處六道中嚬笑不可失也客曰人則情耳玄象何得爲彼示儆此殆不然凡所書祲象不應人國者世儒即疑之

不知其亦爲諸蟲等國也蓋知因天立地非偶然者客曰所云情攝微見本傳語中不得有生天成佛之事予曰謂蟻不當上天耶經云天中有兩足多足等蟲世傳活萬蟻可得及第何得度多蟻生天而不作佛夢了爲覺情了爲佛境有廣狹力有强劣而已清遠道人湯顯祖自題

南柯夢記總評（載柳浪館本）

此亦一種度世之書也螻蟻尚且生天可以人而不如蟻乎

從來災異不應者未必不應之螻蟻諸國此宋人所不敢言也然實千古至論不意從傳奇中得之

余嘗謂情了爲佛理盡爲聖君子不但要無情還要無理又恐無忌憚之人藉口蘊不敢言不意此旨南柯記中躍躍言之

玉茗堂南柯記卷上目錄

第一齣　提綱
第二齣　俠概
第三齣　樹國
第四齣　禪請
第五齣　宮訓
第六齣　謾遺
第七齣　偶見
第八齣　情著

第九齣　決婿
第十齣　就徵
第十一齣　引謁
第十二齣　貳館
第十三齣　尙主
第十四齣　伏戎
第十五齣　侍獵
第十六齣　得翁
第十七齣　議守

第十八齣　拜郡
第十九齣　薦佐
第二十齣　御餞
第二十一齣　錄攝
第二十二齣　之郡

夢鳳按柳浪館本原題作提世今從竹林堂本改提綱

臧曰此引置詩餘中當是蘇長公流亞

夢鳳按柳浪館本作將氣今從獨深居本作壯氣

玉茗堂南柯記卷上　　雜劇傳奇彙刻第十五種

柳浪館批評　　夢鳳樓　校訂

暖紅室

第一齣　提綱

南柯子〔末上〕玉茗新池雨。金柅小閣晴。有情歌酒莫教停。看取無情蟲蟻也關情。國土陰中起。風花眼角成。契玄還有講殘經。爲問東風吹夢幾時醒。〔問答〕照常

登寶位槐安國土　隨夫貴公主金枝

有碑記南柯太守　無慮誑甘露禪師

第二齣　俠概

破齊陣〔破陣子〕〔生扮淳于棼佩劍上〕壯氣直冲牛斗。鄉心倒掛揚州。〔齊天樂〕四海無家。蒼生沒眼。拄破了英雄笑口。〔破陣子〕自小兒豪門慣使酒。倩大的烟花不放愁。庭槐吹暮秋。〔蝶戀花〕秋到空庭槐一樹。葉葉秋聲。似訴流年去。便有龍泉君莫舞。一生在客飄吳楚。那得胸懷長此住。但酒千杯。便是留人處。有箇狂朋來共語。未來先自愁人去。小生東平人氏。復姓淳于。名

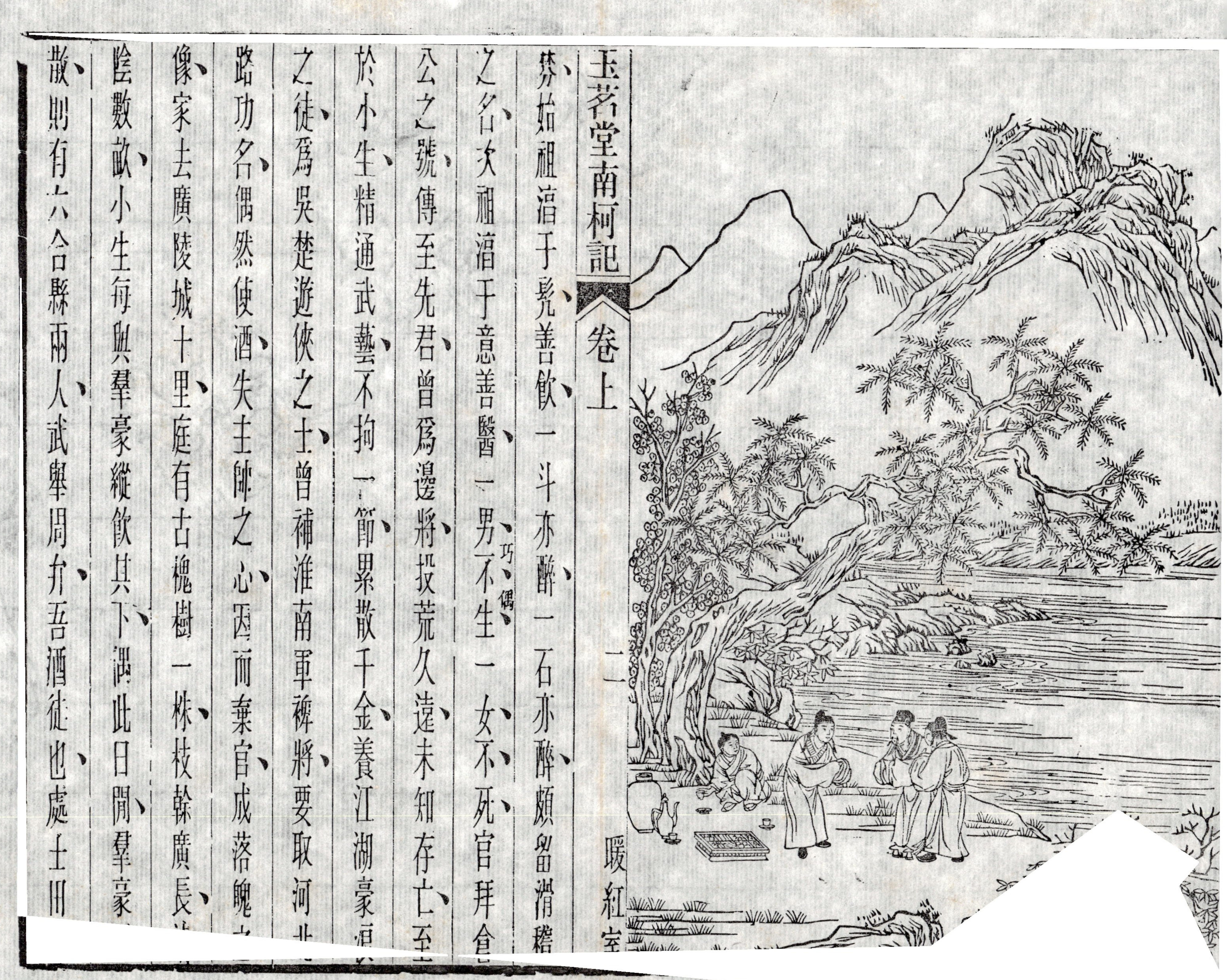

棼始祖淳于髡善飲一斗亦醉一石亦醉頗留滑稽之名次祖淳于意善醫一男不生一女不死（巧偶）官拜倉公之號傳至先君曾爲邊將投荒久遠未知存亡至於小生精通武藝不拘一節累散千金養江湖豪俠之徒爲吳楚遊俠之士曾補淮南軍裨將要取河北路功名偶然使酒失主帥之心因而棄官成落魄之像家去廣陵城十里庭有古槐樹一株枝幹廣長清陰數畝小生每與羣豪縱飲其下調此日閒羣豪散則有六合縣兩人武舉周弁吾酒徒也處士田

華吾文友也。今乃唐貞元七年暮秋之日，分付家僮山鷓兒置酒槐庭，以款二友。山鷓何在？【丑扮山鷓上】腿似水牯子，臉像山鷓兒。稟告東人，置酒槐陰庭下，二客早到也。

夢鳳按：柳浪館本無也字，據臧本毛本補。

【搊練子】【淨扮周弁、末扮田子華上】花月晚，海山秋，人生秖合醉揚州。慣使酒的高陽吾至友。【周】小子潁川周弁是也。【田】小子馮翊田子華是也。【周田】我二人將歸六合去，與淳于兄告別。【山】主人槐陰庭等候。【見介】

【集唐】縣古槐根出，秋來朔吹高。黃金猶未盡，終日困

香醪。【生】數日門客蕭條，令人困悶。【周田】連小弟二人也是日晚歸舟，特來告別。【生】二兄也要回去，好不悶人也。槐庭有酒，且與沉醉片時。【酒介】

【玉交枝】風雲識透，破千金賢豪浪遊。十八般武藝吾家有，氣沖天楚尾吳頭。一官半職懶𨄔躕，三言兩語難生受。悶嘈嘈尊前罷休，恨叨叨君前訴休。【周田】槐庭下勾尊兄飲樂也。

【前腔】【生】把大槐根究，鬼精靈庭空翠幽。恨天涯搖落三杯酒，似飄零葉知秋。怕雨中妝點的望中稠，幾年

臧曰：把大槐根究，此是戲眼。

閒馬蹴終日因君驟論知心英雄對愁遇知音英雄、散愁、（周田二弟辭了、生送賢弟一程、）

【急板令】道西歸迎鸞鎮頭順西風薔薇玉溝送將歸暮秋送將歸暮秋舉眼天長桃葉孤舟去了旋來有話難周、（合）向晚霞江上銷憂還送送怎遲留（周田歎介）二弟此去可能更來、（生）兄弟怎出此語、

夢鳳按獨深居本此語作此話

臧曰此曲便含生死之別非老作家必病其早矣

【前腔】（周田）歎知交一時散休到家中急難再遊猛然間淚流猛然間淚流可為甚攜手相看兩意悠悠腸斷江南夢落揚州、（合前）

【尾聲】（生）恨不和你落拓江湖載酒遊休道箇酒中交難到頭、你二人去了呵、我待要、每日閒睡昏昏長則是酒、（周田下生弔場）他二人又去了空庭寂靜好是無聊、山鷓兒、揚州有甚麼會耍子的人麼、（山）那裏討那、（作想介）有了、則瓦子鋪後有箇溜二沙三兄弟會耍、（生）既有此二人、你待就去請來、

臧曰臨川增出二客姓名亦不妨

總評祇為終日昏沉所以螻蟻作祟酒色果相形影也可不戒乎

一生遊俠在江淮、未老芙蓉說劍才、

寥落酒醒人散後、那堪秋色到庭槐、

第三齣　樹國

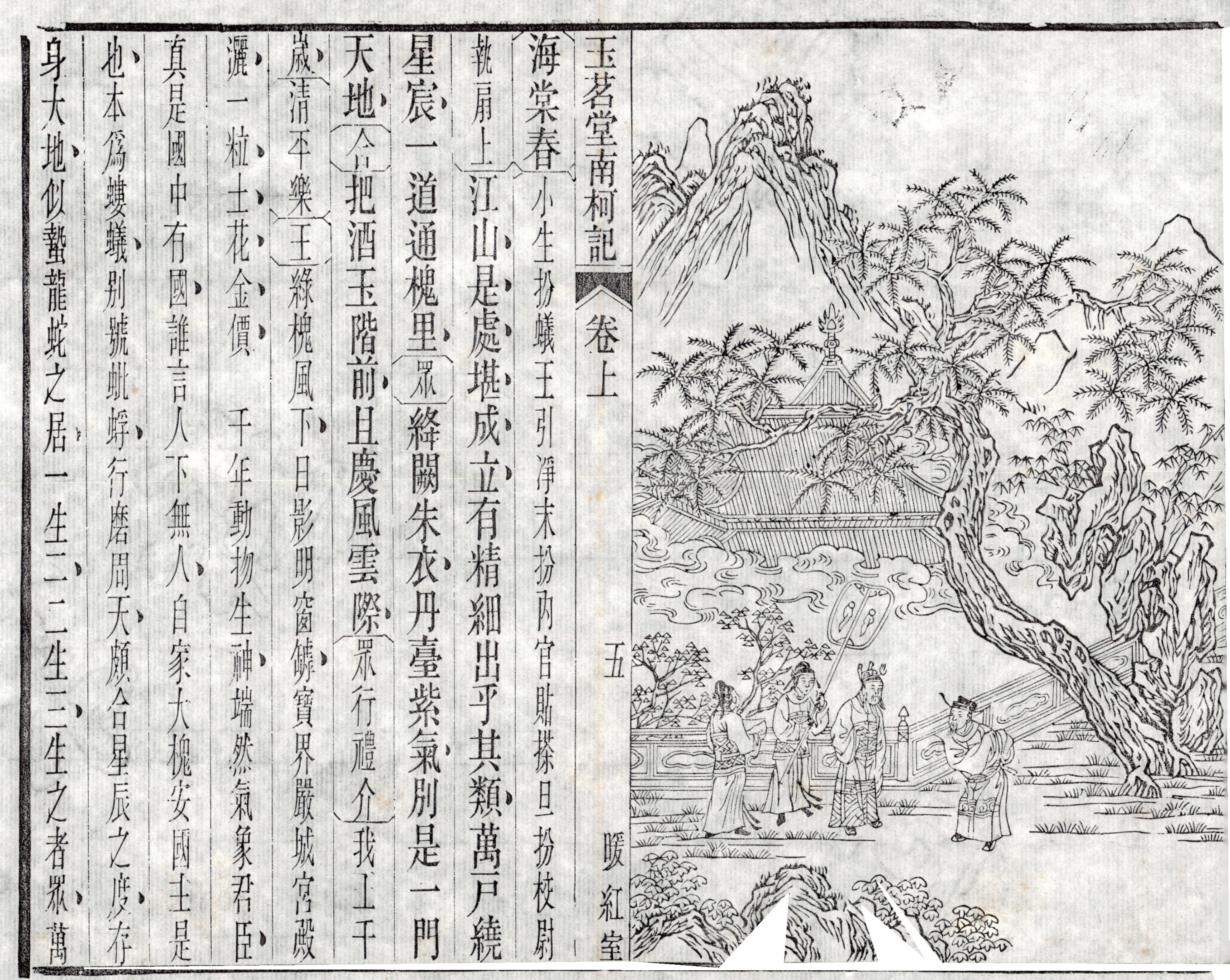

海棠春　小生扮蟻王引淨末扮內官貼搽旦扮校尉執扇上　江山是處堪成立。有精細出乎其類。萬戸繞星宸。一道通槐里。衆　絳闕朱衣。丹臺紫氣。剛是一門天地。合　把酒玉階前。且慶風雲際。衆行禮介　我王千歲。

清平樂　王　綠槐風下。日影明窗罅。寶界嚴城宮殿灑。一粒土花金價。　千年動物生神。端然氣象君臣。真是國中有國。誰言人下無人。自家大槐安國主是也。本爲螻蟻。別號蚍蜉。行磨周天。頗合星辰之度。存身大地。似蟄龍蚘之居。一生二。二生三。三生之者衆。萬

白甚好

獨深居本云戲墨 夢鳳按柳浪館本作到周作到成獨深居本作及周作可成今從之

取千千取百眾即成王臭腐轉爲神奇真乃是弼則動動則變變則化太山之於邱垤故所謂均無貧和無寡安無傾一年成聚二年成邑到三年而成都寡人有些疆行夏后以松殷人以柏及周人而以栗敝國寄在槐安火不能焚寇不能伐三槐如在可成豐沛之邦一木能支將作酒泉之殿列蘭錡造城郭大壯重門穿戶牖起樓臺同人棟宇清陰鎖院分雨露於各科翠蓋黃屏灑風雲於數道長安夾其鸞路果然集集朱輪吳都樹以葱青委是駝駝玄蔭北闕表

三公之位義取懷來南柯分九月之官理宜修備右邊憲獄司比棘林而聽訟左側司馬府倚大樹以談兵丞相閣列在寢門上卿早朝而坐大學館布成街市諸生朔望而遊真乃天上靈星國家喬木樹在王門之內待學周武王琿禁無益者去有益者來聲聞鄰國之間要似齊景公號令犯槐者刑傷槐者死此乃爲君之法度要全立國之根基所喜內有中宮之賢外有右相之助今日政機多暇且與君臣同遊筵宴已齊右相早到

夢鳳按柳浪館本原題海棠春今從葉譜改正

劍器令〔外扮右相上〕日宴下彤闈、承詔又趨丹陛、〔行禮介〕〔右丞〕相武成侯臣叚功、叩頭千歲、〔王〕賜卿平身、今日召卿、知吾意乎、〔右〕愚臣未知、〔王〕國家所慮者、天地人三不同、且喜我國中天無陰雨之兆、地無行潦之侵、有禮有法、國中無漏網之鯨、無害無災、境外有玄駒之馬、便是檀蘿無警、足知你槐棘有人、待與卿遨翔宮樹之前、逍遥封壤之內、卿意云何、〔右〕君臣同遊、太平盛事、但國家還有十八路國公、四門王親、禮當侍駕、〔王衆〕國公王親、別行賜宴槐階之下、但與卿

同、〔行介〕紫殿肅陰陰、形庭赫弘敞、風動萬年枝、日華承露掌、〔衆〕酒到、〔右進酒介〕願我王進千秋萬歲酒、

黑夜行〔黑蟻序〕〔王〕大塊無私、費工夫點透了幽瓚玄微。謾道是帝虎人龍、立定朝儀區區。〔夜行船序〕也教分取河山王氣。〔合〕希奇、今日風色晴和、暫擁出宮庭遊戲、

前腔〔換頭〕〔右〕階墀新築沙隄、看高官貴種、絳幘黃衣、總千門萬戶、煩星點綴、依希太乙薇垣、吾王端冕、任意往來巡歷、〔合前〕

黑蟻序〔王〕須知、粃粟能飛。一星星體性、誰無雄氣恨

佳

土階穴今何世說

總評果然蟻有君臣

須些二封壤草朝粗立吾志要行天上磨還聽海中雷

〔合〕且徘徊看地利天時再行移徙〔右〕臣啟大王敢嫌國土微小

〔前腔〕思之蟻虱臣微共立成一國非同容易歎生靈（說理）日逐貧忙一粒何必平中堪取巧節外更生枝〔合前〕

〔王〕久不曾槐陰下一遊今日盡興觀賞〔行介〕

〔錦衣香〕荷濃陰葉兒翠映春光幹兒碧來去瞻依縱橫條直眼見參天百尺枝似樓桑村裏礴柳叢祠一般兒重重遮蓋到登基龍庭朝會但有分成些二基業

豈嫌微細人眾成王排班做勢

〔漿水令〕謝蒼穹調勻風日承后土盤固根基九重深處殿巍巍一綫之間九曲巡迴穿巷陌列朝市土階穴處今何世拜的拜跪的跪君臣有義走的走立的立赤子無知

〔尾聲〕〔王〕俺建邦啟土登王位右相呵你入閣穿宮拜相奇但願俺大槐安萬萬歲根兒蟠到底

萬物從來有一身　一身還有一乾坤

敢於世上明開眼　敢把江山別立根

第四齣　禪請

淨扮契玄老禪師上〔集唐〕老住西峯第幾層、琉璃爲殿月爲燈、終年不語看如意、長守林泉亦未能、自家契玄禪師是也、自幼出家修行今年九十一歲、參承佛祖、證取綱宗、從世尊法演於西天、到達摩心傳於東土、無影樹下弄月嘲風、沒縫塔中安身立命、可以浮漚復水、明月歸天、只爲五百年前有一業債、梁天監年中、前身曾爲比耶、跟隨達摩祖師渡江、比揚州有七佛以來毘婆寳塔、老僧一夕捧執蓮花燈上於

下家南柯前因此槐安國可作楚世家

夢鳳按柳浪館本作不妨今從各本作不妨不妨

批曰入定出定是法門體

七層塔上、忽然傾瀉蓮燈熱油、注於蟻穴之內、彼時不知當有守塔小沙彌、顏色不快、問他敢是費他埽塔之勞、那小沙彌說道、不爲別的、以前聖僧天眼算過此穴中流傳有八萬四千戶螻蟻、但是燃燈念佛之時、他便出來行走瞻聽、小沙彌到彼時分施散盞飯與他爲戲、今日熱油下注、壞了多生、老僧聞言甚是懺悔、啟參達摩老師父、老師父說道、不妨不妨、他蟲業將盡、五百年後、定有靈變、待汝生天、老僧記下此言、二三生在耳、屈指到今、恰好五百來歲、欲往揚州

了此公案、老病因循、你看這潤州城、對著金焦、好不山川攢秀、禪堂幽靜、我且入定片時、看做甚麼境界也。〔淨小生外搽旦扮僧俗四人持書上〕有時鶴去愁衝錫何處龍來喜聽經。小僧和這居士們是對江揚州孝感禪智二寺住持、祇因十方大眾之發心、求契玄禪師而說法、此間是甘露寺方丈、捧書而進、呀、禪師入定、敲他雲板三聲〔敲介〕〔契醒介〕四眾何爲而來〔眾跪介〕揚州合郡僧俗、敬選七月十五日大會于盂蘭度請大師升座、十方善信書疏呈上、〔呈書介〕〔契〕起來、

臧曰此駢語之佳者

雷疏甚好當是臨川代筆

獨深居本云書疏生色

將書表白一番展書念〔介〕竊以某等生維揚花月之區豈無惡業接古潤金焦之境亦有善緣凡依玉茗之花盡抱香檀之樹恭惟甘露山主契玄大師座下性融朗月德普慈雲中含三點之藏帶一轉二外示十八交之相互五重三鐘鼓不交參截斷衆流開覺路風幡無動相掃除塵翳落空華見三世諸佛面目本來人一切衆生語言三昧于盂蘭盆裏喝開朵朵金蓮寶月燈中打破重重玉網但見飲光微笑普同大衆歸心惟願慈悲和南攝受〔契〕貧僧老病將臨不奈過

江也〔衆〕只望法師憫念衆生慈悲方便〔契背介〕纔想起揚州螻蟻因果敢在此行

〔正宮端正好〕我則是二一文殊降下這三天竺渡江南（主意）一蟻蔗蘆金焦擺列鐘和鼓這寺裏有名甘露〔回介〕不去罷我看衲子們（醒世）談經說誦的不在話下一般努目揚眉舉處便喝唱演宗門有甚裏交涉也

〔滾繡球〕但說的是附雁傳書有要還鄉曲調無怎生是石人起舞怎生是新婦騎驢那裏有笑拈花喫荔枝則許你單刀直入都怎生被箭逃虛我這裏君臣

總評祇爲老僧饒舌螻蟻成精故今天下蟻作講師講師師如蟻

位上賓和主水月光中我帶渠世界如愚（眾作請介）
契既十方懇請則待過江走一遭
【倘秀才】恁待要三千界樓臺舌鋪不消的十二部經
坊印模禪門三下板你塵世一封書目前些子看何
如我這裏親憑佛祖四眾先行貧僧分付你
【煞尾】先在禪智院立一本百千萬億投名簿後在孝
感寺掛一軸五十三參聽講圖除了那戒壇上石點
頭則待看普諸天花下雨（下）

安排寶蓋與幡幢　方便乘杯一渡江
地震海潮人施法　管教螻蟻盡歸降

第五齣　宮訓

【夜遊宮】老旦扮國母引外扮內官丑扮宮娥上　宮樹
槐根隱隱從地府學成坤順（眾）畫扇影隨宮燕引聽
重門晝漏聲花外盡（眾叩頭介）宮娥叩頭娘娘千歲
【清平樂】（老旦）大槐秋色世外朱塵隔歌吹重重情脈
脈怕道有人傾國　孔雀扇影分行宮娥半袖通裝
卻是洞門深杳折旋消得君王自家大槐安國母是
也初爲牝蟻配得雄蜉細如蟻虱之妻大似蚊虻之

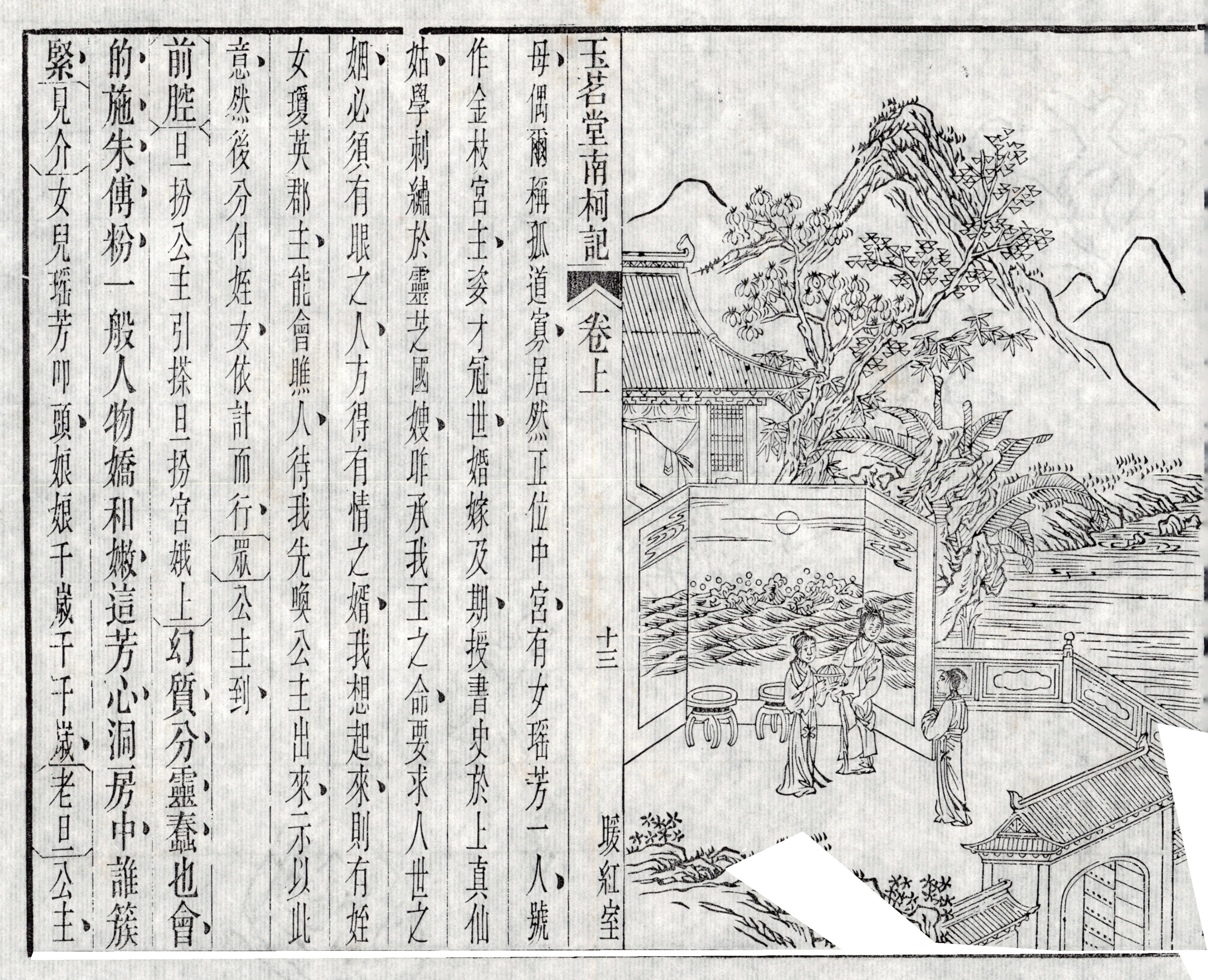

母偶爾稱孤道寡居然正位中宮有女瑤芳一人號作金枝宮主姿才冠世婚嫁及期援書史於上真仙姑學刺繡於靈芝國嫂昨承我王之命要求人世之姻必須有眼之人方得有情之婿我想起來則有姪女瓊英郡主能會瞧人待我先喚公主出來示以此意然後分付姪女依計而行〔眾〕公主到

〔前腔〕〔旦扮公主引搽旦扮宮娥上〕幻質分靈蠢也會的施朱傅粉一般人物嬌和嫩這芳心洞房中誰簇緊〔見介〕女兒瑤芳叩頭娘娘千歲千千歲〔老旦〕公主

夢鳳按柳浪館本原題作傍妝臺、茲從葉譜勘正

臧曰四曲末句皆用八字、是曲中本色

三從四德、人亦有不如蟻者

你年已及笄、名方弄玉、今日依於國母、他日宜其家人、四德三從、可知端的。（旦）孩兒年幼、望母親指教。（老旦）夫三從者、在家從父、出嫁從夫、老而從子。四德者、婦言、婦德、婦容、婦功。有此三從四德者、可以爲賢女子矣。聽我道來。

【傍甘羅】（傍妝臺）（老旦）一種寄靈根、依然樓閣賀生存、論規模雖小可乘氣化、有人身、（八聲甘州）中宮忝作吾王正、下國憑稱寡小君、（皁羅袍）掌司陰教眉齊至尊、（傍妝臺）你須知三貞七烈、同是世間人、

【前腔】（旦）小小贅芳塵、念瑤芳生長在王門、雖不是人間世論相同、掌上珍寒餘窈窕深閨晚、暖至丰茸別洞春、父王庭訓娘親細細論、難道這三從四德（醒、世、）微細的不如人。

【玩仙燈】（貼）扮瓊英上、踏綻鞋跟、早向朱門步穩、自家蟻王姪女瓊英便是、娘娘有召、敬入則箇、（見）叩頭介、郡主瓊英叩頭、娘娘千歲、（見旦介）公主見禮、（旦）尊姊到來、（老旦）郡主聽旨、近因瑤芳長成、堪招駙馬、君王有命、若於本族內選婚、恐一時難得智勇之士、不堪

夢鳳按柳浪館本作傍妝臺茲從葉譜勘正

虹作蚌親謔甚趣甚

夢鳳按獨深居本於虹作蚌親邊加楨

木蘊藉

總評螻蟻親人豈是好消息慎矣淳郎危乎危也

扶持國家要於人間招選駙馬聞得七月十五日這揚州孝感寺禮請契玄禪師講經人山人海都往禪智寺天竺院報名到得其時郡主可同靈芝夫人上真仙子三人同往聽講但有英俊之士便可留神【貼】謹遵懿旨

傍甘歌【傍妝臺】【老旦】女大急須婚不拘門戶則待有良姻龍類中能煮海蝶夢裏好移魂【八聲甘州】【貼】知他同誰虹作夫妻分了你蚌親父母恩【排歌】俺把眉暈忍笑痕【傍妝臺】可甚麼人烟聚裏看不出有情人【旦】瓊英姐俺便同你去聽講何如【貼】郡主公主體面未宜出遊【旦】這等奴有金鳳釵一對通犀盒一枚奉獻禪師講奉表我微情

【前腔】光景一時新待相同隨喜終是女兒身獻釵頭金鳳朵盛納盒錦犀文【貼】也知妹子無他敬如是觀音著我聞波理我將爲信去講座陳管教他靈山會裏值著箇有緣人【老旦】郡主此非小可之事

【尾聲】到花宮不少的兒郎俊打疊起橫波著人你去呵休得漏洩了機關要老娘心上穩

選佛場中去選郎　禪牀側畔看東牀
疾去疾來須隱約　好音先報與娘行

第六齣　諢遣

〔字字雙〕淨扮溜二上　小生家住古揚州鋪後祖宗七輩兒喜風流自幼衣衫破落帽兒颩狐臭能吹木屑慣扶頭即溜自家揚州城中有名的一箇溜二便是一生浪蕩半世風流但是晦氣的人家便請我撮科打閧不管有趣的子弟都與他鑽懶幫閑手策無多口才絕妙有那弔等眼子敲他幾下叫做打草驚蛇

無過是脫稍鬼、鬆他一籌、則是將蝦弔鮮、著甚麽南
莊田、北莊田、有溜二一便是衣食父母、難起動東鄰邀
西鄰、請則沙三是箇酒肉弟兄、知音的、說是箇妙人
好人老成人、少趣的、叫我敗子倈子光棍子、且自由
他笑罵、祇圖自己風光、這幾日不見沙三、尋他閑串
去、

前腔 搽旦扮沙三上 賤子姓沙行十三、名濫、就似水
底月兒到十三、圓泛六兒七兒巧十三、胡醮、官司弔
起打十三、扯淡、溜 沙二你犯夜了、沙 不犯夜、不是了

弟也哥、溜 兄弟這幾日嘴閑了、沙 和你大路頭站去、
山鷓上 白雲在何處、明月落誰家、溜沙 小哥落在這
裏、山 大哥、我東人淳于家、要請溜二沙三官耍子、住
在那門、溜沙 我二人便是、你東人做甚麽生意、山 做
裨將、沙 激皮匠、叫我去幫鑽、山 軍營裏副將哩、溜 是
那能飲酒的淳于公麽、山 著、溜沙 便去便去、有酒舊
傾蓋、無錢新白頭、下 生上 集唐 棄置復何道、悽悽吳
楚間、相憶不相見、秋風生近關、我淳于棼休官落魄、
賴酒消魂、爭奈客散孟嘗之門、獨醉槐陰之市、想吾

獨深居本云：錐錬

臧曰：難道普乾坤醉眼，偏祇許屈原醒，句佳

生直恁無聊也

【錦纏道】我本待學時流立奇功，俊名談笑朔風生。怎如他蒼生口說難憑，便道你能奮發有期程，則半盞河清，拚了滴珠槽浸死劉伶。道的箇百無成，祇杜康祠醮住了。這窮三聖做箇帶帽兒堵酒瓶頭直下酒淹衣精。難道普乾坤醉眼，偏祇許屈原醒。【山同溜沙上】三家酒注子，一對色哥兒。【山報介】溜二、沙三官到。【見介】【溜】小人名溜二、【沙】賤子郎沙三。【生】久聞纔識面、【合】十箇更酸餂。【生】怎生十箇更酸餂？【溜】適間老翁說

把九文錢纔喫箇麵，没鹽醋的，因此小子加上一文。【生笑介】敢問二位在城在鄉？

【好姐姐】【溜沙】廣陵郡中一城，識溜二、沙三名姓，玲瓏剔透人前打眼睛。隨尊興，哩嗹花囉能堪聽，孤魯子頭磕得精。【溜做隻腳跪連磕二頭叫爺介】【沙唱哩囉嗹介】涫于兄孤老院要去，【生】貧子行處怎生好去？【沙】不是表子鋪。【生】揚州諸妓我已盡知，可別有甚麼消遣？【沙】有，有，孝感寺中元盂蘭大會，僧俗男女都去潤州甘露寺請契玄禪師講經。【生】便去聽講如何？【沙】

臧曰：溜二、沙三世所謂羣頭者，使涫生孝感聽經，惹出一場大夢，非遇玄師幾

總許揚州城中溜沙衣缽至今在也而且風移遠近大江南北無不溜矣無不沙矣

五戒供狀獨深居本云棒喝又云一本無禮字誤

那裏喫素湑于公貪酒哩〔生〕那有此話

〔前腔〕吾生醉鄉酩酊飲中仙也有箇逃禪中聖長齋繡佛到莊嚴得人世清山鷓兒看馬堪乘輿行隨白馬藏鞭影坐聽黃龍喝棒聲

忽忽意不樂　留人相伴閑
上方隨喜去　秋色滿盂蘭

第七齣　偶見

〔普賢歌〕〔丑扮僧上〕終朝頂禮拜如來人肉樣的蓮花業作臺一家兒酒和色三分氣命財領著箇鐵圍山

獨深居本云一本無小字

難佈擺小僧揚州府禪智寺一箇五戒是也五戒五戒好些魑魅近因孝感寺作中元盂蘭大會十方僧俗去請潤州契玄禪師講經那禪師法旨威嚴凡有聽講者先於小寺投牒報名方去聽講卻有西番一箇婆羅門名喚石延客居小寺天竺院此人善作西番胡旋舞但有往來報名男女來此他便施舞一回俺寺中好不鬧熱也目今天竺院水月觀音座前點起香燭看甚人報名喒且迴避正是此中留半偈別院演三車下

前腔貼扮瓊英老旦扮靈芝之小旦道扮上真姑上天上微眇小身材也逐天香過院來一尖紅繡鞋雙飛碧玉釵小玉納汗巾兒長袖灑貼奴家瓊英郡主承國母之命和這靈芝之國嫂上真仙姑聞來禪智寺報名孝感寺聽經就裏將瑤芳妹子玉釵犀盒施於禪師講前看有意氣郎君招與瑤芳為婿這是禪智寺天竺院了池邊好座紫竹觀音那香案之上有報名疏簿我們不免焚香拜了簽名貼老旦小旦同拜介

黃鶯兒一點注香沉禮南無觀世音花根木豔低微

甚趨蹌寶林威光作臨今生打破前生蔭（合）拜深深姻緣和合蟲蟻〔眼目〕一般心（貼）俺三人還將瑤芳妹子婚姻之事密禱一番（拜介）

【前腔】槐殿欲成陰把金枝付瑟琴尋花配葉端詳恁於中細任其間暗吟無明到處情兒沁（合前）（小旦）俺們池邊消遣一會呀一箇回回舞上來了

【北點絳唇】（副淨扮回子石延上）（生小西番恭持佛讚朝炎漢驀入禪關日影金剛燦（自家婆羅門弟子石延的便是行腳中華寄食天竺禪院好不耐煩散心

一會呀三位女菩薩從何而來請看俺婆羅門胡旋舞一會也（貼老旦小旦笑介）請了（內鼓介）（石舞介）

【對玉環帶過清江引】（對玉環）拍手天壇風飄長繡幡答刺兜綿腰身拴束的彎衫袖打欄斑西天俏錦闌燕尾翩翻觀音座寶欄（清江引）合掌開蓮瓣散天香婆羅門回笑眼（內喝采介）（石）一筒騎馬官兒來俺去了也（下）（貼）衆有人來我們且池邊浣手去（浣手介）

【縷縷金】（生騎馬引山鵰上）無聊賴不自憐特來禪智院打俄延花落蒼苔面誰舞胡旋門前繫馬接了金

總評姻緣和合螻蟻一般心是至言大而天地小而螻蟻無不如是如是真是一陰一陽之謂道造端乎

鞭有人兒㗒瞧見竹徑通幽處禪房花木深觀音座前疏簿在此我湻于棼就此拈香報名拈香拜介江水東風古江兒水湻于弟子愁情一片銷愁無處去聽閑經卷俺待簽名寫介沉醉東風簽名自簽觀音試觀作見貼介水竹池邊因何活現貼笑回身介靈芝嫂濕透這汗巾兒掛在那處好生背介此女子秀入肌膚香生笑語世間有此天仙乎回介小娘子的汗巾兒待小生效勞掛於竹枝之上貼笑遞汗巾生接掛介這汗巾兒粉香清婉小生能勾似他懷卿袖中浥卿

香汗貼衆笑不應介池光花影娟娟可人生歎介俺湻于棼可是遇仙也他他三回自語一顧傾城急節巾間藉以相近不如且自孝感寺聽經去山鵲兒看馬來上馬介紫騮嘶入落花去見此踟躕空斷腸下貼此生有情人也他也去聽經㗒瞧他去來老旦叹俺去不得俺真是箇信女把水月觀音倒做了小旦怎麽說老旦月信來了貼罪過人這等㗒和上真姑去便了

尾聲過別院聽談禪老靈芝之去也㗒和這上真仙到

夫婦察乎天地也夢鳳按此評至言以下與獨深居本批語同

講堂呵、把俺這覷郎君的眼梢兒再抛演、

爲看婆羅舞　相逢騎馬郎、

尋荷終得藕、　池上白蓮香

第八齣、情著

題。好。

【雜扮首座僧持釣竿上】佛祖流傳一盞燈至今無滅亦無增、燈燈朗耀傳今古、法法皆如貫所能、貧僧乃潤州甘露寺中契玄禪師首座弟子是也自幼出家參承多臘、常祇是朝陽經破衲對月了殘經近乃揚州孝感寺請師父說法、貧僧領著衆僧、安排下香燈

蘊深居本云千百一帝珠網中拈綴一二投之赤水以聽一切人撈摝

花果、禪牀淨几、待師父升座、大衆動著法器者、（内動法器介）（小生丑外雜鼓樂引淨扮老禪師契玄柱杖拂子上升座介）高臨法座唱宗風。翠竹黃花事不同。但是衆星都拱北。果然無水不朝東。（提拄杖介）賽卻須彌老古藤。寒空一錫振飛騰。拄開妙挾通宗路。打斷交鋒迴避僧。（執拂子介）豎起清風灑白雲。河沙無地可容塵。將軍一事無巴鼻。兔角龜毛拂著人。取香來。（拈香介）此香不從千聖得。豈向萬機求。虛空覲不盡。大地莫能收。香拈指頂。透十方之法界。薰四大之

神州。爇向爐心。祝皇王之萬歲。願太子之千秋。（垂鈎介）手把金鈎月一痕。乘槎獨坐到河源。悠悠泛泛經千載。影落魚龍不敢吞。（首座）如何空即是色。（契）東沼初陽疑吐出。南山曉翠若浮來。（首座）如何色即是空。（契）細雨濕衣看不見。閑花落地聽無聲。（首座）如何非色非空。（契）歸去豈知還向月。夢來何處更爲雲。（首座）多謝我師。今日且歸林下。來日問禪。（下）（契）大衆若有那門居士、禪苑高僧、參學未明、法有疑礙、今日少伸問答、有麽、（外扮老僧上）有、有、有、敢問我師、如何是佛、

臧曰湻生三問煩惱因果而法師引詩句答之此宗門教也

獨深居本云數語和盤托出

癡人就是佛了又何待成

契人間玉嶺青霄月天上銀河白晝風。外如何是法、

契緣簑衣下攜詩卷黄篾樓中掛酒葫。外如何是僧、

契數莖白髮坐浮世一盞寒燈和古人。外多謝我師、今日且歸林下來日問禪、下契垂釣介釣絲常在手中挐影得遊魚動、晚霞海月半天留不住、醒來依舊宿蘆花。大衆還有精通居士、俊秀禪郎、未悟宗機再伸問答、有也是無、

謁金門前生上閑生活中酒嗔花如昨待近鑪烟依法座、聽千偈瀾翻箇小生湻于棼、來此参禪想起來落拓無聊終朝煩惱、有何禪機問對就把煩惱因果動問禪師、見介小生湻于棼稽首特來問禪如何是根本煩惱、契秋槐落盡空宮裏凝碧池邊奏管絃生如何是隨緣煩惱、契雙翅一開千萬里止因棲隱戀喬柯生如何破除這煩惱、契惟有夢魂南去日故鄉山水路依稀生沈吟介契背介老僧以慧眼觀看此人外相雖癡到可立地成佛

謁金門後小旦道扮同貼上蓮步天臺蹲跐還似蟻兒旋磨上真仙竹院人兒情似可再與端詳和契笑

臧曰蟻子句與前第四折照應

介）這于生、你帶著眷屬來哩。（生回介）是好兩位女娘、（背歎介）禪師、怎知我原無家室、（貼見介）太師稽首、（契）蟻子。為何而來、（貼）為五百年因果而來、（契背笑介）是了、是了、叫待者鋪單、（末鋪座介）（響唱介）五十三單整齊、（契）舉來、（貼響唱介）妙法蓮花經觀世音菩薩普門品、（契）六萬餘言七軸裝。無邊妙義廣含藏。白玉齒邊流舍利。紅蓮舌上放毫光。喉中玉露涓涓潤。口內醍醐滴滴涼。假饒造罪過山嶽。不須妙法兩三行。

翠鳳按柳浪館本原題作梁州序茲從葉譜勘正

【梁州新郎】（梁州序）人天金界、普門開覺、無盡意參承佛座、以何因果得名觀世音、那佛告眾生遇苦、但唱其名、即時顯現、無空過、貪嗔癡應念總銷磨、求女求男智福多、（賀新郎）（合）如是等威慈大、是名觀世音菩薩、齊頂禮妙蓮花、（眾）觀世音菩薩云何遊此世界、云何而為眾生說法、方便之力、其事云何、

【前腔】（契）有如國土眾生、應度種種法身隨化、因緣說法、以觀世界娑婆、一切天龍人等急難之中、與他怖畏輕離、脫十方齊現、豁似河沙、遊戲神通一剎那、（合）前（生）後來無盡意菩薩云何、（契）爾時無盡意菩薩、啟

藏內引經以天大將軍人非人等身度豈但法師神道臨川於內典亦深矣

過佛爺、叫世尊、我今當供養觀世音菩薩了、當即解下頸上寶珠瓔珞、價值紫金百千兩、獻與觀世音菩薩、說道、願仁者受此法施、那觀世音菩薩不肯受、爾時佛告觀世音、你可哀愍無盡意和這四衆、權受下了這寶珠瓔珞、那觀世音菩薩因佛爺有言、受了瓔珞、分作兩分、一分奉釋迦牟尼佛爺、一分奉多寶佛爺的塔、你衆生們聽講這經、要知觀世音菩薩有如是自在威神、普同發心供養、（衆）弟子們頂禮受持、（生）謹參大師、小生曾居將帥、殺人飲酒、怕不能度脫也（契）經明說著、應以天大將軍身度者、菩薩即現其身而度之、有甚分別、（貼）問（介）稟參太師、婦女如何、（契）笑（介）經明說、應以人非人等度者、即現其身而度之、（貼）作驚（介）對小旦背（介）這太師神通廣大、不說應以女身得度、到說箇人非人、你再問他、（小旦）問（介）太師、似我作道姑的、也可度爲弟子乎、（契）你那道經中已云道在螻蟻、則看幾粒飯散作小須彌、怎度不的、（貼）小旦跪（介）太師真箇天眼、還有箇妹子瑤芳、深閨嬌小、未克參承、附有金鳳釵一雙、通犀小盒一枚、願施謀

翠鳳按獨深居本作奇哉此女

好甚

筵、望太師哀愍、【起唱介】
【前腔】紫衣師天眼摩訶他頸鶯嬌幾曾有瓔珞、待學盡形供養化身難脫、待把寶珠抽獻、比龍女如何自笑身微末、施的些兒箇恨、無多、一分、能分、做兩、分麼、【合前】【生背介】奇哉、奇哉、【回介】大師、金釵犀盒願借一觀、【看介】【回盼小旦貼介】人與物皆非世間所有、
【前腔】巧金釵對鳳飛斜、賽暖金一枚犀盒、【背介】看他春生笑語、媚翦層波、把靈犀舊恨、小鳳新愁、向無好色、天邊惹【契冷笑介】【生回唱】價值千百兩、未多些一笑、

拈花奉釋迦、【合前】【生】太師、此女子從何而來、【契背介】此生癡情妄起、倩觀音座前白鸚哥叫醒他、【內作鸚哥叫介】蟻子轉身、蟻子轉身、【契】諂于生可聽的麼、【生】道是女子、女子、轉身、女子轉身、【契笑介】日中了、法衆住參、略入定、去來大千界裏閑窺掌、不二門中暗點頭、【下】
【生】禪師去了、到好絮那小娘子一會、敢問小娘子尊姓、【小旦貼不應介】【生】貴里、【又不應介】【生】敢便是前日禪智寺看舞的小娘子麼、【小旦貼笑介】是也、【生】哎喲、
【節節高】雙飛影翠娥、妙無過這人兒、則合向蓮花座、

臧曰此處即點出妹子還妙句益使湻生心蕩魂搖不能自持矣

輭美

總評嗚呼今之講師且如蟻矣又烏能辨其人非人吾敢曰僧非僧

貼笑介我有箇妹子還妙哩生笑介纔說那鳳釵犀盒兒是那妹子附寄的麽他言輕可誰看破空提作世間人敢則有那人間貨妹子妹子你有鳳釵犀盒央他送在空門何不親身同向佛前囉和我拈香訂做金鈿盒小旦啐你也叫他妹子哩生呀我湻于夢好是無聊小娘子請了無語落花還自笑有情流水爲誰彈下貼上真子這生好不多情也小旦看來斷馬無過此人

前腔相逢笑臉渦太情多暮涼天他歸去情無那牙

兒嗑影兒那心兒閣向人天結下這姻緣大貼這生我常見他來小旦你不知和我國裏相近湻于生名棼的便是合大槐邊宋玉舊東家做了羅浮夢斷梅花卧我們歸去來

尾聲這一座會經堂高過似綵樓多是箇人兒都不著科瑤芳瑤芳我和你選這箇人兒剛則可

似蟻人中不可尋　觀音講下遇知音
有意栽花花不發　無心插柳柳成陰

第九齣　決婿

蟻曰螻蟻也知春色用得恰好

夢鳳按柳浪館本作也合作帝子今從獨深居本改夜合從臧本改貴客

夢鳳按柳浪館本題作西江引前西江引後月字作引字今改正

玉茗堂南柯記　卷上

西江月前　老旦引末扮內官丑扮宮娥上　螻蟻也知春色宮槐夜合朝開生香一掬女嬌孩少甚王孫貴客　自家蟻王娘娘是也爲遣姪女瓊英參禪聽講方便之中因爲公主瑤芳選取駙馬早晚到來宮娥伺候宮娥應介

西江月後　貼上　郎客青袍駿馬女兒窄袖弓鞋他生未卜此生諧　還　則要宮闈聽采　見叩頭介　啟娘娘郡主瓊英復命　老旦　講座之中可得其人　貼　有一偉秀人才姓湻于名棼是這廣陵人氏同在講筵我知上

臧曰起二句尋常語也入曲最佳
臧曰曲中咳哥誰兒空五字皆以韻代嗏字本新安做法吳下以

真予於講下獻上公主的犀盒金釵此生願盼有餘賞歎不足他既垂情於咱咱堪留目於他若婿此人堪持咱國

【黃鶯兒】天竺見他來順稍兒到講臺眉來語去情兒在睃他外才瞟他內才風流一種生來帶娘娘你道此人住居那裏【合】暢奇哉槐陰不遠連理就中開

【前腔】【老旦】天與巧安排逗多情看寶釵向燒香院宇把人兒賽貪他俊才賠他箇女才這姻緣一種前生債【合前】

【尾聲】便奏知國王如意好宣差差的紫衣使者去相迎待待他睡夢了呵少不得做駙馬吾家居上宰

選郎須得有情人　誰似淳于好色身
欲附玄駒爲貴婿　始知騏驥在東鄰

第十齣　就徵

【駐雲飛】【生作嬾態上】伶俐癡呆（透闘）萬事難消一字乖有的是年華大沒的是心情奈咳獨自倚庭槐把日遮天矮聽他啣嚁嘮叨絮的我無聊賴死向揚州不醉哈記得誰家金鳳釵我淳于棼人才本領不讓於人

為笑端不知西廂有云咍怎生不肯回過臉兒來亦一字一韻也荃哥兒字出花面之口亦何嫌焉

到今三十前後、名不成、婚不就、家徒四壁、守著這一株槐樹、冷冷清清、淹淹悶悶、想人生如此、不如死休、前在孝感寺、聽了禪師講經回來、一發無情無緒、我可甚打起頭腦來、止有一醉而已、古人說的好、事大如山醉亦休、罷了、獨言獨語、撇下了山鵲兒、我儘意街坊遊去、但有高酒店鋪、顛倒沈醉一番、正是不消阮籍窮途哭。但學劉伶死便埋。〔下〕山鵲上、好笑好笑、沒煩惱、趁煩惱、我東人百般武藝、做了箇淮揚裨將、使酒丟了這官、鬱鬱不樂、那酒友周弁、田子華、又散

臧曰、檀樹下歇晝、是檀蘿國張本

歸六合去了、不禁蕭索、請的箇溜二、二沙三、陪話解悶罷了、卻被溜二、沙三、勸我東人去孝感寺聽講甚麼經、自那聽經回來、一發癡了、不是醉、便是睡、没張没致的、恰纔我溪邊檀樹下、歇晝來、不知東人就往那裏去了、怕他鬼迷一般、或是醉倒在街坊、不雅相、待去尋他、又無人看家、怎生是好、望介 好了、好了、溜二沙三官正來哩、溜沙上 酒、見酒、好朋友、酒見茶是冤家、山鷓哥主人在麼、山 正來央你二位看家、我尋主人去、溜沙 恰好、恰好、你迎接主人去、持將可憐意看取前眼、人下

前腔 山鷓一手提酒壺肩扶生醉上 山 落托摩陀爛醉如泥、可奈何、你噇的喉兒挫、俺閃的肩兒那、內笑介 好醉也、山 哥醒眼看人多恁般低垛、半落殘尊、又帶去、回家嗑、萬事無過一醉魔、萬醉無過打睡魔、溜沙上 呀、喲、這是怎的來、山 好笑、好笑、再尋不見、可憐醉倒在禪智橋邊酒樓上、扶的下樓、又捨不的這半瓶酒、可爲甚、來東人到家了、醉松些、

前腔 生 這幾日迷癡、作跌介 眼似瞎、瞪、腳似槌、有箇

妙句驚人夢鳳按獨深居本云後句驚人

佳辭都入三昧

夢鳳按柳浪館本作驢䭾江上脫空字據獨深居本改驢䭾補空字獨深居本云笙簧在耳

臧曰淳生夢中曚曨見二紫衣跪前如此景象最耐

青兒背、少箇紅兒睡、（沙叫介）淳于兒、你何處來、醉的不尋常也、（生作不知介）誰道俺去何來、尋常沾醉、醉影柴門、亂蹋的斜陽碎、老向霜紅葉上偎、（吐介）（溜沙）哎也、一肚子都倒在我兩人腿脚上、好酒、好酒、山鷓哥、快取茶來、

【前腔】你汎、溢、流、瓊、倒、玉、山、因、一、盞傾、待把你衣冠正、你好把曉兒定、（取茶進介）兒靠著小圍屏、一杯清茗瀟灑西風、醒後留清興、和你待月乘涼看小螢、（生作介）扶俺東廡下睡去、那瓶酒好放著、（山）東人你醉的這般還記得這瓶酒、

【前腔】好不惺惚、似太白驢馱壓、繡驄醉的那軀勞重、枕席無人奉、（生）空江冷玉芙蓉、水天秋弄門院蕭條、做不出繁華夢、（扶睡介）祇落得枕上涼蟬訴晚風、（山哥）煎茶去、（溜沙）我們洗脚去、隨他睡覺、這是人家堂上堪飲酒、自家房裏好安眠、（下）（末小生扮二黑巾紫衣官衆雜引牛車上）爲槐王姬館叩乘使者車、俺兩人大槐安國使者、便是奉國王命召請淳于公爲駙馬、他正睡在東廊、直入則箇、（叫介）淳于公、（生驚醒介）

藏曰秋窗風翦槐葉初可入詩話

夢鳳按獨深居本此作向

妙謔解頤

獨深居本云謔笑

是誰、一紫衣　跪介

瑣南枝槐安國王者都、吾王遣臣來奉書、生因何而來、紫主命有些須微臣敢輕露、生睡得正甜、紫扶生起介請下榻俺紅袖扶俺那裏有東牀坦君腹

前腔生從空下甚意兒正秋窗風翦槐葉初一枕黑甜餘雙星使臨戶作伸腰介略朦朧醒申欠舒整衣行嬾移步雜引牛車上介

前腔紫有青油障小壁車駕車白牛當步趨、紫請生上車介左右有人俱扶君出門去、生向那裏去、紫此古槐樹穴下而去、生怎生去得、紫古槐穴國所居莫遲疑請前驅、一紫衣先下、生問一紫衣介槐樹小穴中、何因得有國都乎、紫淳于公不記得漢朝有箇竇廣國他國土廣大也祇在竇兒裏又有箇孔安國他國土安頓也祇在孔兒裏怎生槐穴中沒有國土、前合古槐穴國所居莫遲疑但前去、下丑雜執棍引右相上秋光滿槐葉春色候桃夭自家槐安國右相武成侯段功便是吾王傳令請東平淳于生爲駙馬請到時東華館中少待俺相見過後朝見祇駙馬初

到此巾精神恍惚恐其不安他平日有簡酒友周弁
有箇文友田子華已奏過吾主攝取他來將周弁
司隷之官領軍吏數百巡衛宮殿請田子華替他省
館中更衣贊禮這不在話下又國母懿旨著上真姑
和靈芝夫人瓊英郡主同去賓館中探望駙馬調懃
其心方纔請去修儀宮與金枝公主成禮我如今且
待駙馬到東華館拜望去正是仙郎高館下丞相小
車來（下）（前二紫衣同生坐牛車上介）
【前腔】（生）車箱路古穴隅豁然見山川風候殊（低語介）

怎生有這一段所在不斷的起城郛車輿和人物奇
怪奇怪一路來但是見我的都迴避起立何也附車
者儘傳呼爲甚呵著行人多避路（紫跪介）已到國門
（生）好一座大城城上重樓朱戶中間金牌四箇字（念
介）大槐安國（紫）（旦扮卒執旗上）傳令旨傳令旨王以
貴客遠臨令且就東華館暫停車駕（卒叩頭走起同
向前導行介）（生）城樓門東有這座下馬牌怎左邊廂
朱門洞開（紫）到東華館了請下車（生下車入門背契
介）這東華館內綵檻雕楹華木珍果列植於庭下几

總評附馬亦可名附蟻蓋馬蟻是二是一猶勝於今之附狗者也有一謔語以舉人之婿爲附狗故耳蓋從帝王順數而下進士附驢舉人附狗云

案茵褥、簾幃鋪膳、陳設於庭上、俺心裏好不歡悅也、內響道介丑雜引右相上介紫右相到、右相見介寡君不以敝國遠僻、奉迎君子、託以姻親、生棼以賤劣之軀、豈敢是望、右有紫衣官在此、演禮、五鼓漏盡、相引見朝、

且就東華館、　通宵習禮儀、
雞鳴傳漏曉、　駙馬入朝時、

第十一齣　引謁

【點絳唇】周弁引丑雜扮值殿上古洞今朝、一般籠罩